Telma, The Little Ant

By John M. Nieto-Phillips

Illustrated by Julie Morris

Adapted from a Mexican folktale

Telma, la hormiguita

Escrito por John M. Nieto-Phillips

Ilustrado por Julie Morris

Adaptado de un cuento popular mexicano

Lectura Books
www.LecturaBooks.com
Los Angeles

It was snowing.
Telma, the tiniest ant in
the whole wide world,
was walking and admiring
the white falling snowflakes,
when all of a sudden...

she slipped...

and fell...

and broke her leg.

Estaba nevando.
Telma, la hormiga más
chiquita del mundo entero,
estaba caminando y admirando
los copos blancos de nieve
que estaban cayendo,
cuando...

de repente se resbaló...

se cayó...

y se fracturó su patita.

3

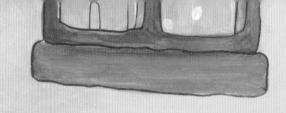

Feeling hurt and angry that she had fallen, and hobbling in pain, Telma went to the courthouse to see Judge Moreno.

"The snow caused me to break my leg!" she complained to the good judge.

Judge Moreno, feeling compassion for his little injured friend, wanted justice to be served. The snow was clearly to blame, so he called the snow to the courthouse.

4

Lastimada y enojada porque se había caído, cojeando con dolor, Telma fue al Tribunal de Justicia para ver al juez Moreno.

—¡La nieve causó que me fracturara mi pata! —se quejó con el juez bueno.

El juez Moreno, sintiendo compasión por su amiguita herida, quería ser justo. Era obvio que era la culpa de la nieve, así que le pidió a la nieve que viniera al tribunal.

5

With cold white flakes flying all around, the snow appeared before Judge Moreno.

"Do you think you can do whatever you want just because you are the snow?" the judge asked the snow. "You made Telma break her leg! That's not nice, and that's not fair, and YOU must pay the price!"

With bright silver eyes bulging, the snow said meekly, "Oh, no, I didn't make the ant break her leg. It was the sun. He's stronger than me and he melted me. That's why Telma slipped and broke her little leg."

The judge thought for a moment.

"Bring me the sun!" the judge ordered.

Con fríos copos blancos de nieve volando a su alrededor, la nieve se presentó ante el juez Moreno.

—¿Crees que puedes hacer lo que te da la gana nada más porque eres la nieve? —el juez le preguntó a la nieve—. ¡Tú causaste que Telma se fracturara su patita! Eso no se hace, y eso no es justo, así que ¡TÚ tienes que responder por esto!

Con sus brillantes ojos plateados y saltones, la nieve dijo humildemente:
—Ay, no, yo no causé que la hormiga se fracturara su patita. Fue el sol. Él es más fuerte que yo y me derritió. Por eso se resbaló Telma y por eso se fracturó su patita.

El juez pensó por un momento.

—¡Tráeme al sol! —ordenó el juez.

7

And soon with a blinding, burning light, the sun appeared before the judge.

Pointing his finger at the sun, the judge said, "You think you are beyond everything because you are so powerful! You made Telma break her leg. That's not nice, and that's not fair, so YOU must pay the price!"

With a hot gust of breath, the sun said, "No, Your Honor. It's not my fault. The cloud is to blame. She is the source of the snow and ice. It is she who caused Telma to fall."

So Judge Moreno called the cloud.

Y muy pronto, con una luz deslumbrante que quemaba, el sol apareció ante el juez.

Apuntando su dedo al sol, el juez dijo:
—¡Tú crees que eres lo máximo porque eres tan poderoso! Tú causaste que Telma se fracturara su patita. Eso no se hace, y eso no es justo, así que ¡TÚ tienes que responder por esto!

Con una ráfaga caliente de su aliento, el sol dijo:
—No, Su Señoría. No es mi culpa. Es culpa de la nube. Ella es la fuente de la nieve y el hielo. Ella fue quien causó la caída de Telma.

Entonces el juez Moreno llamó a la nube.

The round gray cloud drifted in and pleaded with the judge, "Please, sir, let me go. It is the wind who is to blame for the ant's broken leg. The wind blows me in front of the sun."

The judge was becoming impatient. "Fine. Please bring me the wind," he said.

Whooshing in, the wind said, "I heard everything and it's not my fault, Your Honor. It's the wall who is to blame. It is strong and I cannot blow past it."

With his head in his hands, the judge called for the wall.

La nube gris y redonda entró y le imploró al juez:

—Por favor, señor, déjeme ir. Es el viento quien tiene la culpa de la patita fracturada de la hormiga. El viento me sopla en frente del sol.

El juez estaba perdiendo la paciencia.

—Está bien. Por favor tráeme al viento —dijo.

Entrado con un silbido, el viento dijo:

—Oí todo y no es mi culpa, Su Señoría. Es la pared quien tiene la culpa. Ella es muy fuerte y me cerró el paso.

Con su cabeza en sus manos, el juez pidió que viniera la pared.

The wall came in with a big thud.

"So YOU are the culprit!" exclaimed the judge. "You blocked the wind that blew the cloud in front of the sun that melted the snow that caused Telma to break her leg! That's not nice, and that's not fair, and YOU must pay the price!"

"No, Your Honor," whispered the wall. "I am not to blame."

"Then WHO, if not YOU?" asked the judge.

"Well, it's the mouse, of course," said the wall. "He chews right through me. It's frightening."

"Bring me that mouse, IMMEDIATELY!" the judge cried.

La pared entró con un gran golpe.

—Entonces ¡TÚ eres la responsable! —exclamó el juez—. ¡TÚ cerraste el paso del viento quien sopló la nube en frente del sol quien derritió la nieve quien fue la causa de la caída que fracturó la patita de Telma! Eso no se hace, y eso no es justo, así que ¡TÚ tienes que responder por esto!

—No, Su Señoría —susurró la pared—. Yo no tengo la culpa.

—Entonces ¿QUIÉN, si tú no? —preguntó el juez.

—Bueno, es el ratón, por supuesto —dijo la pared—. Me muerde y me traspasa de un lado al otro. Es espantoso.

—¡Tráeme a ese ratón, INMEDIATAMENTE! —gritó el juez.

13

A few minutes later a little brown mouse appeared before the judge.

With tears in his eyes, he said, "It's not me you want, but the cat. He's so fierce. He chases me and I have no choice but to chew through the wall to escape his claws."

"Fine, fine, fine! Bring the cat!" ordered Judge Moreno.

The cat came in wearing a clever, sly smile.

"Oh, sir, it's not me you want, but the yarn. The yarn is stronger than me and he is to blame for all this because he tangles me up."

Hammering his gavel on his desk, the judge summoned the yarn.

Poco después un ratoncito color café apareció ante el juez.

Con lágrimas en los ojos, el ratón dijo:
—Yo no soy el que usted busca, sino el gato. Él es tan feroz. Me persigue y no tengo alternativa más que morder y traspasar a la pared para escapar sus garras.

—¡Está bien, está bien! ¡Trae al gato! —ordenó el juez Moreno.

El gato entró con una sonrisa traviesa y astuta.

—Ay, señor, yo no soy el que usted busca, sino el estambre. El estambre es más fuerte que yo y él tiene la culpa de todo esto porque me enreda.

Martilleando su mazo en su escritorio, el juez mandó llamar al estambre.

15

A big ball of brightly colored yarn rolled before Judge Moreno. "It's not me you want, Your Honor," the yarn insisted. "It's the scissors. She is stronger than me. She cuts me and hurts me."

"Then bring me the scissors!" the judge demanded. "We MUST get to the bottom of this!"

Soon the scissors tiptoed up the courthouse steps and appeared before the angry and impatient Judge Moreno.

But before the judge could speak, the scissors snapped defensively, "I cannot be blamed for cutting yarn. That is what I was made to do! Please speak to my maker, the blacksmith."

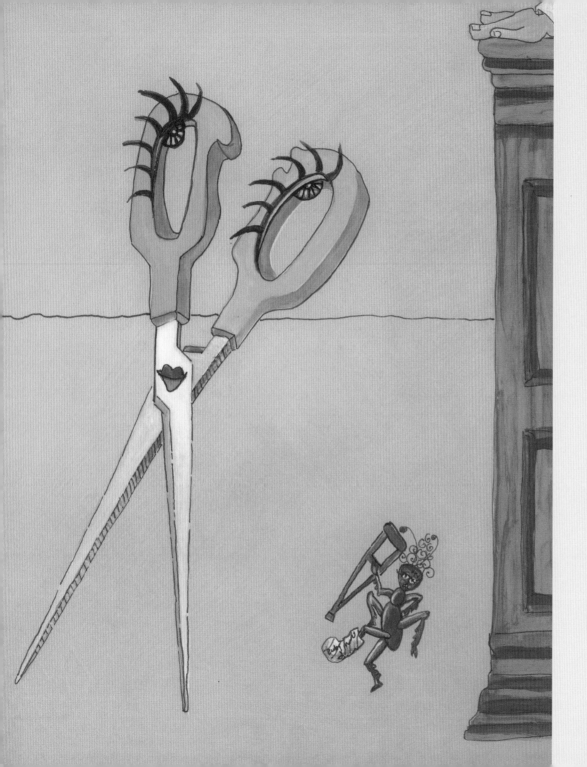

Una gran bola de estambre de colores rodó ante el juez Moreno.

—Yo no soy el que usted busca, Su Señoría —insistió el estambre—. Son las tijeras. Ellas son más fuertes que yo. Me cortan y me lastiman.

—Entonces ¡tráeme a las tijeras! —exigió el juez—. ¡TENEMOS que llegar al fondo de esto!

Muy pronto, las tijeras subieron los escalones del Palacio de Justicia de puntitas y aparecieron ante el juez Moreno, quien ya estaba enojado e impaciente.

Pero antes de que el juez pudiera hablar, las tijeras dijeron, a la defensiva:
—A mí no me pueden echar la culpa por cortar el estambre. ¡Me crearon para eso! Por favor hable con la persona que me hizo, el herrero.

17

And soon the hardworking blacksmith arrived wearing his leather apron and carrying a big hammer. He stood speechless and confused before the judge. He did not understand what he had done wrong.

Judge Moreno, exhausted and himself somewhat confused, laid into the blacksmith. "YOU are the culprit of all this! You SHARPENED those scissors that CUT the yarn, that TANGLED the cat, that CHASED the mouse, that CHEWED through the wall, that BLOCKED the wind, that BLEW the cloud before the sun, that MELTED the snow, that CAUSED my little ant friend, Telma, to fall and break her leg!"

Judge Moreno lifted his gavel into the air and declared, "That's not nice, and that's not fair, and YOU must pay the price!"

18

Y muy pronto el herrero, muy trabajador, llegó usando su mandil de cuero y cargando un martillo grande. Se paró ante el juez, mudo y confundido. No entendía lo que había hecho mal.

El juez Moreno, agotado y él mismo un poco confundido, ya no se detuvo.
—¡TÚ eres el culpable de todo esto! ¡Tú afilaste esas tijeras que CORTARON al estambre, que ENREDÓ al gato, quien PERSIGUIÓ al ratón, quien MORDIÓ y TRASPASÓ a la pared, quien CERRÓ EL PASO al viento, quien SOPLÓ la nube en frente del sol, quien DERRITIÓ a la nieve, quien CAUSÓ la caída que fracturó la patita de Telma!

El juez Moreno levantó su mazo al aire y declaró:
—Eso no se hace, y eso no es justo, ¡TÚ tienes que responder por esto!

19

But just as the judge was about to slam down the gavel and declare the blacksmith guilty, a gold and purple butterfly fluttered through the open window of the courthouse and landed on the judge's nose.

Not believing his eyes, the judge froze in mid-slam and gazed at the gorgeous glittering visitor. Judge Moreno grew enchanted by the butterfly's beauty.

Moments turned to minutes, until finally the butterfly spoke. "God," she whispered to the judge.

Not believing his ears, the judge replied, "I beg your pardon?"

Pero justo cuando el juez iba a dejar caer al mazo y declarar que el herrero era culpable, una mariposa dorada y morada entró volando por la ventana abierta del Palacio de Justicia y fue a parar encima de la nariz del juez.

Sin poder creerlo, el juez se quedó inmóvil con el mazo en el aire y contempló la hermosa visitante reluciente. El juez Moreno quedó encantado por la belleza de la mariposa.

Los momentos se volvieron minutos, hasta que finalmente la mariposa habló.
—Dios —cuchicheó al juez.

Sin poder creer lo que había escuchado, el juez respondió:
—¿Cómo dijo?

"God," the butterfly whispered again. "God made the snow and sun, and the clouds and the wind, and the ant... and you and me. And only God knows why Telma broke her leg."

Then, gently flapping her gold and purple wings, the butterfly took to the air and fluttered out the open window through which she came.

Entirely perplexed by this event, Judge Moreno slowly laid down his gavel, turned toward the blacksmith and quietly nodded, "You may go now."

—Dios —la mariposa cuchicheó de nuevo—. Dios hizo la nieve y el sol, las nubes y el viento, y la hormiga…y a ti y a mí. Y solamente Dios sabe por qué Telma se fracturó su patita.

Luego, suavemente meneando sus alas doradas y moradas, la mariposa alzó el vuelo y salió por la ventana abierta por donde había entrado.

Completamente perplejo por estos acontecimientos, el juez Moreno lentamente bajó su mazo, miró hacia el herrero y con voz baja indicó:
—Ya te puedes ir.

After a long silence, the judge dismissed the courthouse and bade farewell to

the SCISSORS

and the YARN

and the CAT

and the MOUSE

and the WALL

and the WIND

and the CLOUD

and the SUN

and the SNOW.

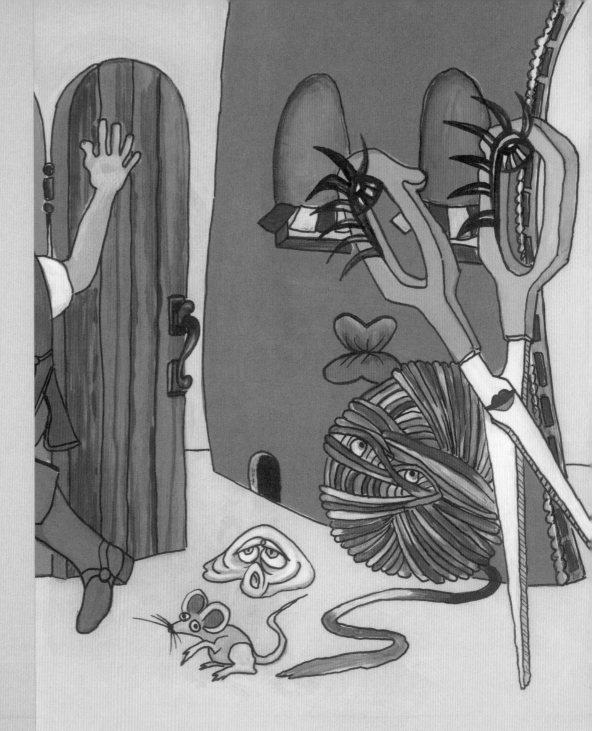

Después de un largo silencio, el juez cerró la sesión del Tribunal de Justicia y se despidió de

las TIJERAS

y del ESTAMBRE

y del GATO

y del RATÓN

y de la PARED

y del VIENTO

y de la NUBE

y del SOL

y de la NIEVE.

25

He then lifted his tiny friend
Telma into his hands, carried
her to her home and cared for
her until her broken leg had
healed.

The End

Luego cargó a su pequeña amiga Telma en sus manos, la llevó a su hogar y la cuidó hasta que se sanó su patita fracturada.

Fin

The ant
La hormiga

The cat
El gato

The hammer
El martillo

The blacksmith
El herrero

The cloud
La nube

The butterfly
La mariposa

The gavel
El mazo

The judge
El juez

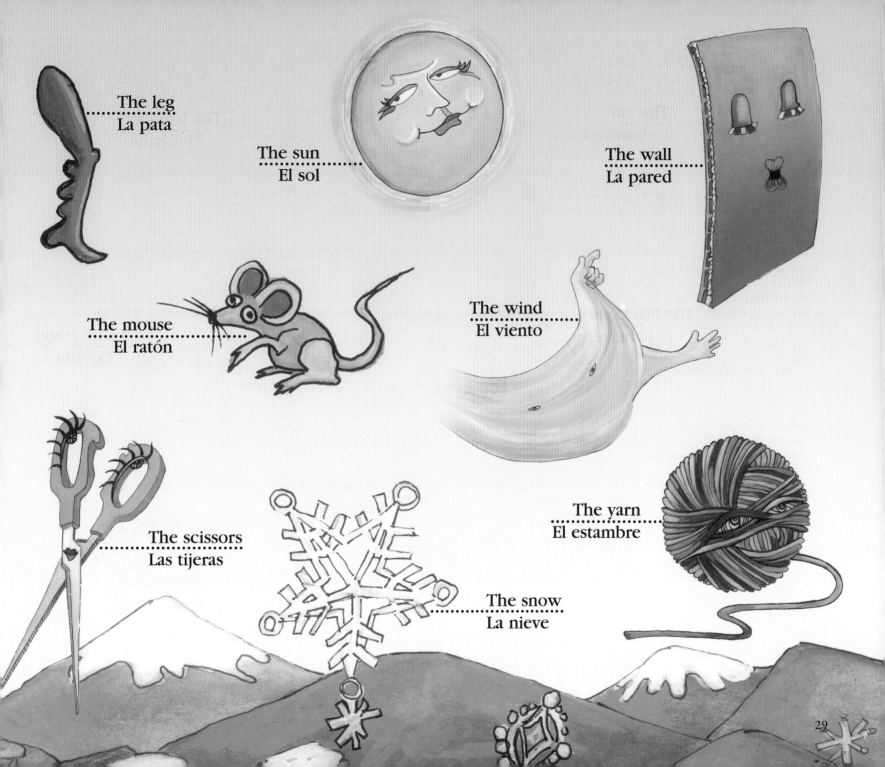

The leg
La pata

The sun
El sol

The wall
La pared

The mouse
El ratón

The wind
El viento

The scissors
Las tijeras

The snow
La nieve

The yarn
El estambre

29

3rd Edition

Publisher's Cataloging-In-Publication Data (Prepared by The Donohue Group, Inc.)

Nieto-Phillips, John M., 1964-
    Telma, la hormiguita / por John M. Nieto-Phillips; ilustrado por Julie Morris = Telma, the little ant / by John M. Nieto-Phillips; illustrated by Julie Morris.

    p. : col. ill. ; cm.
    English text translated by Ernesto Guerrero.
    Adapted from an old Mexican folktale.
    Summary: Telma, a little ant, slips and falls on the snow, breaks her leg, and goes to the village judge to ask for justice.

    ISBN-13: 978-0-9772852-3-5 (hardcover)
    ISBN-10: 0-9772852-3-5 (hardcover)
    ISBN-13: 978-0-9772852-2-8 (paperback)
    ISBN-10: 0-9772852-2-7 (paperback)

1. Ants—Juvenile fiction. 2. Snow—Juvenile fiction. 3. Causation—Juvenile fiction. 4. Spanish language materials—Bilingual. I. Morris, Julie A.
II. Guerrero, Ernesto, 1976- III. Title. IV. Title: Telma, the little ant

PZ76.3 N54 2006
863.7   2006920257

Lectura Books
1107 Fair Oaks Ave., Suite 225, South Pasadena, CA 91030
1.877.LECTURA • www.LecturaBooks.com

Printed in Malaysia
TWP • 2014

Bilingual Books | Libros Bilingües.

www.LecturaBooks.com